# La fiesta de
# **Dragonero**

Traducción: Carmen Diana Dearden

Primera edición, 2017

© 2015 Josh Lacey, texto
© 2015 Garry Parsons, ilustraciones
© 2017 Ediciones Ekaré

Av. Luis Roche, Edif. Banco del Libro, Altamira Sur.
Caracas 1060, Venezuela

C/ Sant Agustí, 6, bajos, 08012 Barcelona, España

www.ekare.com

Publicado por primera vez en inglés en 2013 por Andersen Press Limited
Título original: *The Dragonsitter's Party*

ISBN 978-84-945735-9-0
Depósito Legal B.22488.2016

# La fiesta de
# Dragonero

## Josh Lacey

**Ilustrado por Garry Parsons**

Ediciones Ekaré

# ¡ABRACADABRA!
# ¡¡KAZAM KAZOOM!!

## PREPÁRATE PARA LA SORPRESA

El mundialmente famoso maestro de magos

## Míster Misterio

se presenta en la gran fiesta de Edu

## VEN Y DISFRUTA DE
## SUS INCREÍBLES TRUCOS

NO CREERÁS LO QUE VERÁN TUS OJOS

Lugar: casa de Edu

El 25 de marzo, de 3 a 6 de la tarde

Por favor, confirmar al telf. de la madre de Edu

**De:** Eduardo Pérez Escabeche

**Para:** Manuel Escabeche

**Fecha:** lunes, 20 de marzo

**Asunto:** Mi fiesta

 **Archivos adjuntos:** Míster Misterio

Querido tío Manuel,

¿Has recibido mi invitación?

Quería verificarlo porque eres el único que no ha respondido.

Espero que puedas venir. Va a ser una gran fiesta. Hasta tendremos un mago.

Cariños de tu sobrino favorito,

Edu

**De:** Manuel Escabeche

**Para**: Eduardo Pérez Escabeche

**Fecha:** martes, 21 de marzo

**Asunto:** Re: Mi fiesta

Querido Edu,

Me hubiera encantado ir a tu fiesta. Pocas cosas me gustan más que un buen mago.

Desafortunadamente, ya le había prometido al señor McRoble que me quedaría aquí para echarle una mano con su granja, ya que le faltará un ayudante.

Ese ayudante, como sabes, es Gordon, nuestro mutuo amigo, que está muy emocionado por ir a tu casa. No habla de otra cosa.

Casi no puedo creer que conociera a tu mamá hace apenas unas semanas y ya parece saber más sobre ella que yo, que la conozco de toda la vida.

El señor McRoble solo le dio permiso a Gordon para irse el fin de semana y únicamente si yo me quedaba en su lugar. Es la temporada de nacimiento de los corderos y hay mucho trabajo que hacer.

Gordon te llevará una pequeña sorpresa de cumpleaños.

Cariños de tu afectuoso tío,

Manuel

**De:** Eduardo Pérez Escabeche

**Para:** Manuel Escabeche

**Fecha:** miércoles, 22 de marzo

## Asunto: Tu sorpresa

 **Archivos adjuntos:** Emiliana

Querido tío Manuel,

Gracias por la sorpresa. Tengo muchas ganas de ver qué es.

Mamá está muy emocionada con la visita de Gordon. Pasa el tiempo comprando vestidos nuevos... y luego devolviéndolos a la tienda, porque no son perfectos.

Lamento que no puedas venir a mi fiesta. A mis amigos les gustaría conocerte. ¿Vendrás el próximo año?

Te mandaré fotos de Míster Misterio serruchando a alguien por la mitad.

Parece que esa es la mejor parte de su actuación.

Le voy a sugerir que serruche a Emiliana.

Ella dijo: «No me parece divertido». Y yo le dije: «No estoy tratando de ser cómico, es que creo que la casa sería un poco más tranquila si tuviera solo la mitad de una hermana».

Cariños,

Edu

Querido tío Manuel,

Gordon llegó con tu sorpresa.

Mamá, efectivamente, se sorprendió, pero no de buena manera.

Dijo que si hubiese querido que vinieran tus dragones, los habría invitado.

Esperaba pasar momentos especiales con Gordon este fin de semana, pero dice que no será nada especial si tiene que cuidar a dos dragones y ni pensar en los diecinueve chicos que aparecerán en la casa el sábado por la tarde.

Pero, claro, yo sí me alegré de verlos.

¡No puedo creer cuánto ha crecido Arturo!

Es increíble, también, cuánto ha mejorado su vuelo. Lo pusimos en el jardín por si necesitaba hacer sus necesidades después del largo viaje y casi remonta la pared.

Menos mal que no pudo hacerlo, porque la señora Kapelski estaba podando sus rosas y tiene un corazón débil.

Quisiera que Ziggy y Arturo se quedaran para mi fiesta. Seguro que mis amigos querrán conocerlos.

Pero mamá dijo: «¡Ni lo pienses, amiguito!».

¿Puedes venir a buscarlos LMPP?

Cariños,

Edu

Querido tío,

Acabo de llamar a tus dos teléfonos, pero nadie contesta. ¿Estás en camino para recoger a los dragones?

Espero que sí, porque mamá dice que tienen las horas contadas.

Ella y Gordon iban a cenar en un restaurante francés elegante. Mamá tenía puesto su mejor vestido y Gordon se veía muy bien en su traje.

Pero la chica que venía a hacerse cargo de Emiliana y de mí vio a Arturo y dijo: «Yo no cuido mascotas».

Prometimos encerrar a Arturo en mi cuarto con Ziggy, pero no cambió de opinión, aunque mamá ofreció pagarle el doble.

Ya era muy tarde para conseguir a otra niñera, así que mamá tuvo que cancelar la reserva.

Afortunadamente, tenía dos bistecs en la nevera, así que decidieron quedarse aquí para una cena romántica frente a la televisión.

Desafortunadamente, sacó los bistecs, los puso a un lado y se volvió a buscar las verduras.

Al volverse de nuevo, Ziggy se había comido un bistec y Arturo, la mitad del otro.

Así que pidió un servicio de curry por teléfono.

Gordon dice que prefiere curry más que comida francesa, pero yo creo que solo esta tratando de ser amable.

Por favor, llama LMPP y dinos tu TEL.

Edu


P. D. Si no sabes lo que es TEL, es Tiempo Estimado de Llegada.

**De:** Eduardo Pérez Escabeche

**Para:** Manuel Escabeche

**Fecha:** jueves, 23 de marzo

## Asunto: Curry

 **Archivos adjuntos:** mamá enojada

Querido tío Manuel,

Arturo también se comió el curry.

No lo vi hacerlo, porque estaba arriba lavándome los dientes, pero escuché los gritos.

Mamá dice que si no estás aquí a primera hora de mañana por la mañana, va a poner a tus dragones en el tren para mandarlos de vuelta a Escocia solos.

Para ser sincero, puedo entender por qué está tan enojada.

Ha estado esperando su cita con Gordon desde hace tiempo, y tus dragones la acaban de arruinar.

Su enfado es tan grande que ni siquiera los deja entrar en casa. Los espantó al patio con una escoba, y dice que tienen que estar allí toda la noche.

Quería quedarme con ellos en mi saco de dormir, pero mamá dice que me moriría de frío.

Espero que a los dragones no les pase eso.

Edu

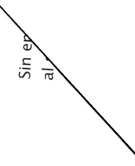

**De:** Manuel Escabeche
**Para:** Eduardo Pérez Escabeche
**Date:** jueves, 23 de marzo
**Asunto:** Re: Curry

Querido Edu,

Lamento no haber respondido a tus mensajes recientes, pero aquí esto es un «todos a bordo» por el nacimiento de los corderos.

Por favor, dile a tu madre que lo siento mucho. Pensé que los dragones serían una buena sorpresa de cumpleaños para ti. Nunca pensé que le arruinarían su fin de semana con Gordon.

Claro que iré a buscarlos. Acabo de ver los horarios. Si dejo la isla al amanecer y remo hasta la península, podré subir al primer tren de la mañana y estar en tu casa por la noche.

. bargo, como ya le había prometido
señor McRoble mis servicios por todo
el fin de semana, solo podré ir si Gordon
vuelve ahora mismo para ayudar.

A menos que tu madre prefiera que se
quede allí.

Manuel


P. D. Tu madre tiene razón: no importa
cuán cómodo sea tu saco de dormir,
estarás mucho más cómodo en tu cama.
No te preocupes por Ziggy y Arturo, están
acostumbrados a los inviernos escoceses y
a tormentas de nieve en Mongolia, así que
una noche en el jardín no les hará ningún
daño.

Querido tío Manuel,

Le dije a mamá la condición para que vengas. Lo pensó un rato y luego dijo: «Está bien, los dragones se pueden quedar».

Creo que de verdad le gusta Gordon.

Hasta dejó entrar a los dragones en casa.

Espero que el olor no la haga cambiar de opinión.

Arturo se ha estado tirando unos pedos terribles toda la mañana. La casa apesta a curry.

Sera mejor que pare antes de mañana o envenenará a mis amigos.

Ahora están desayunando avena.

No creía que a los dragones les gustara la avena, pero parece que a los tuyos, sí.

Gordon dice que nadie puede resistirse a la avena de verdad, hecha por un auténtico escocés.

Hasta a mí me gustó, y yo odio la avena.

Me tengo que ir al colegio.

Quisiera poder quedarme y hacer pasteles con Gordon.

Pero mamá dice que la vida no es justa incluso el día antes de mi cumpleaños.

Cariños de

Edu


P. D. Emiliana pregunta si puedes mandarle una foto de las ovejitas.

P. P .D. Por favor, dale mis saludos al señor McRoble.

Querido tío Manuel,

Mamá te da las gracias por arruinarle su única oportunidad de ser feliz.

Gordon se fue a caminar. Dijo: «hasta la vista», pero mamá dice que probablemente se irá de vuelta a Escocia.

Creo que se pelearon.

Fue culpa de Ziggy. O quizá, de Arturo.

No sé cuál de los dos mordió a la niñera.

Mamá encontró a una que aceptaba cuidar mascotas también. Hizo otra reserva en el restaurante francés, se puso su segundo vestido favorito y Gordon volvió a ponerse su traje.

Emiliana y yo les dijimos adiós desde la entrada.

Entonces nos quedamos en casa viendo la televisión con la niñera.

Todo iba muy bien hasta que a ella le dio hambre.

Debería haber supuesto que no hay que
quitarle palomitas a un dragón.

Cuando el humo se disipó, la niñera
brincaba, gritaba como loca y buscaba su
teléfono.

Mamá y Gordon tuvieron que regresar. Ni siquiera pudieron probar el primer plato.

Ahora Ziggy y Arturo están en el patio otra vez.

Los dos se ven muy tristes.

Están mirando desde la ventana cómo mamá se come su caja de bombones.

Los va a subir en el tren a Escocia si no llegas mañana a primera hora.

No me gusta la idea de dos dragones solos en un tren, pero mamá dice que ya son suficientemente grandes para valerse por sí mismos.

Por favor, ven pronto.

Edu

**De:** Manuel Escabeche

**Para**: Eduardo Pérez Escabeche

**Date:** viernes, 24 de marzo

**Asunto:** Re: ¿Dónde andas?

Querido Edu,

Dile a tu mamá que no se preocupe. He reservado un vuelo desde Glasgow que sale a las nueve de la mañana.

Estaré en tu casa después del mediodía.

Tengo muchas ganas de desearte feliz cumpleaños en persona.

Si tu mamá deja que los dragones y yo nos quedemos por la tarde, podré ver al mago en acción.

Desafortunadamente, creo que extravié tu invitación. ¿Puedes recordarme a qué hora empieza la fiesta?

Finalmente –lo más importante–,
¿qué quieres para tu cumpleaños? Me
avergüenza decir que no te he comprado
nada, pero, si me das algunas sugerencias
para un buen regalo, trataré de comprarlo
en el aeropuerto.

Cariños de tu tío, que te aprecia,

Manuel

Querido tío Manuel,

La fiesta empieza a las tres de la tarde.

Por favor, trata de llegar a tiempo o no verás a Míster Misterio serruchando a alguien por la mitad.

Estoy encantado de que mis amigos te puedan conocer.

No te preocupes por darme un regalo de cumpleaños. Papá tampoco me ha regalado nada.

Ni siquiera me mandó una tarjeta, solo un mensaje esta mañana.

Mamá dijo que eso era típico de él, pero no es verdad, porque el año pasado me regaló una bicicleta nueva.

Creo que es que está demasiado ocupado reconstruyendo su castillo.

Si quieres traerme algo, me gustaría mucho un juego de magia.

Se lo pedí a mamá, pero lo que me dio fue un microscopio y un libro y otro libro, y tres pares de calcetines.

Gordon me regaló una caña de pescar.

Siempre he pensado que pescar es un poco aburrido, pero me dijo que no era así para nada.

Quiso enseñarme esta mañana, pero mamá dijo que no porque estamos esperando a diecinueve muchachos que comenzarán a llegar en cualquier momento.

Pero no es verdad, solo son las ocho y diez de la mañana y no llegarán todavía.

Pero es cierto que tenemos muchas cosas que limpiar antes de que empiece la fiesta, además de hacer sándwiches, abrir las bolsas de fritos y arreglar los pastelitos de jamón.

Así que mejor te dejo.

¡Hasta la vista!

Cariños,

Edu

**De:** Eduardo Pérez Escabeche

**Para:** Manuel Escabeche

**Fecha:** sábado, 25 de marzo

**Asunto:** Mi fiesta

📎 **Archivos adjuntos:** fotos de la fiesta

Querido tío Manuel,

¿Perdiste tu vuelo?

Pues te has perdido una gran fiesta también.

Por lo menos así lo creo, aunque no todos estén de acuerdo.

Estoy seguro que a Míster Misterio no le pareció tan divertida.

El problema fue que no quiso escucharme.

La primera parte de su actuación estuvo de lo mejor. Primero hizo desaparecer una moneda. Luego la encontró detrás de la oreja de Emiliana.

Dije que yo también sabía hacer eso.

Luego hizo desaparecer diez monedas y sacó un billete de diez libras de la nariz de Emiliana.

Me preguntó: «¿Sabes hacer eso también?».

Dije que no.

Luego me pidió que escogiera una carta, cualquier carta.

Era la reina de corazones.

Me dejó devolver la carta al montón y barajarlo.

Luego tomó todas la cartas y las lanzó al aire, y la que agarró al vuelo, ¡era la reina de corazones!

Después hizo
aparecer un
pececito de
verdad en un
vaso de agua.

Se lo tomó y
el pececito
apareció en otro
vaso.

Luego se quitó el
sombrero, metió
la mano dentro
y sacó un
conejo blanco.

Sabía lo que iba a pasar y traté de prevenirlo. Le grité: «¡Vuelva a poner el conejo dentro del sombrero!».

«Ese será mi próximo truco –dijo–, pero primero Enriqueta hará desaparecer unas lechugas».

Metió la mano en el bolsillo y sacó unas hojas de lechuga.

«Buen apetito, Enriqueta» dijo, y le dio la lechuga al conejo.

Grité: «¡Cuidado! ¡Detrás de usted!».

Míster Misterio simplemente sonrió.
«Este es un acto de magia –dijo–, no una pantomima. Deja que Enriqueta se coma su lechuga en paz».

Solo se había comido un pedacito cuando Ziggy se la tragó.

Un mordisco, glup, y desapareció.

Por un instante todos estaban demasiado sorprendidos para hablar.

Luego Míster Misterio se puso rojo y empezó a gritar fortísimo.

Mamá dijo que una persona respetable que trabaje con niños no debería usar ese leguaje.

Míster Misterio gritó más fuerte.

Quería que mamá pagara ochocientas libras para reponer a Enriqueta.

Aparentemente lleva años entrenar a un conejo.

Emiliana dijo que, si era tan buen mago, por qué no usaba su magia para traer a Enriqueta de vuelta.

Me pareció una sugerencia excelente, pero Míster Misterio no hizo ningún caso.

Dijo que si mamá no le hacía un cheque por ochocientas libras, además de sus honorarios y gastos, iba a llamar a la policía.

Creo que lo hubiese hecho si Gordon no lo hubiese agarrado por el brazo y dicho algo.

No sé qué le dijo, pero Míster Misterio se quedó muy callado. Hizo su maleta y se fue sin siquiera despedirse.

Dije que quizá el año entrante podía volver y serruchar a Emiliana por la mitad y mamá dijo que el próximo año iríamos al cine.

El plan era que después del mago merendaríamos, pero se canceló porque los dragones se habían comido todo.

La puerta de la cocina ha debido estar siempre cerrada, pero seguramente Míster Misterio la dejó abierta cuando recogió su saco.

Los dragones no dejaron nada; ni siquiera un pastelito de jamón.

Arturo hasta se comió las velas de la torta.

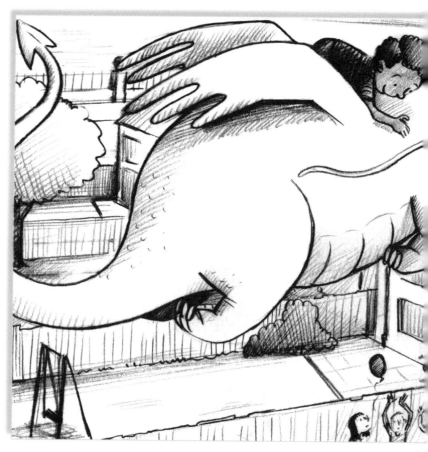

Afortunadamente, a ninguno de mis amigos les importó, porque nos fuimos al jardín y Ziggy nos llevó a volar sobre su espalda.

Mamá dijo que, por favor, no volara muy alto, porque alguien se podía caer y nunca más iba a poder ir al parque.

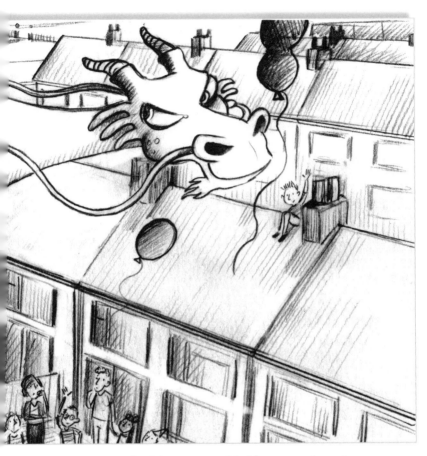

Ziggy no le hizo caso. Voló con mi amigo
Sam hasta el techo y lo dejó allí durante
veinte minutos mientras los demás iban
volando por turnos.

Cuando Sam bajó, dijo que había sido el
mejor cumpleaños al que había ido en su
vida.

Yo pienso lo mismo.

Cariños de tu sobrino un año mayor que
ayer,

Edu

**De:** Manuel Escabeche

**Para**: Eduardo Pérez Escabeche

**Date:** sábado, 25 de marzo

**Asunto:** Re: Mi fiesta

Querido Edu,

Imagina que estoy aclarando mi garganta, respirando profundo y luego cantando:

*Cumpleaños feliz,*
*te deseamos a ti.*
*Cumpleaños a Edu,*
*cumpleaños feliz.*

Lamento mucho haberme perdido tu fiesta. Tuvimos un problema con una de las ovejas anoche, así que no pude tomar el tren al aeropuerto esta mañana.

Sin embargo, te alegrarás de saber que tuvo dos corderos sanos pasadas las nueve de esta mañana.

Los he llamado Edu y Emiliana.

Acabo de revisar los horarios de los trenes y los vuelos. Puedo viajar mañana por la mañana, pero llegaría a tu casa justo cuando Gordon se va, lo que me parece un poco ridículo. ¿Podrías cuidar de los dragones por una noche más? Así él los puede traer en su auto.

No me he olvidado de tu juego de magia y te lo enviaré pronto.

Con mucho cariño, y felicidades por tu cumpleaños, de tu afectuoso tío,

Manuel

**De:** Eduardo Pérez Escabeche

**Para:** Manuel Escabeche

**Fecha:** domingo, 26 de marzo

**Asunto:** Magos

 **Archivos adjuntos:** trasero caliente

Querido tío Manuel,

Espero que no me hayas comprado un juego de magia para mi cumpleaños, porque ya no lo quiero.

He decidido que no me gustan los magos.

Hoy tocaron a la puerta. Era Míster Misterio.

Dijo que venía a buscar su dinero.

Gritaba y gesticulaba como loco.

Gordon dijo: «Mejor será que nos calmemos y hablemos de esto como gente seria».

Míster Misterio dijo que ya no quería hablar más, solo quería su dinero.

Mamá dijo que si no se iba, llamaría a la policia.

Míster Misterio dijo que ya él lo había hecho, pero no le hicieron caso.

Dijeron que si los volvía a llamar con más cuentos de conejos y dragones lo arrestarían por hacer perder el tiempo a la policía.

Dijo que tendríamos que arreglarlo entre nosotros.

Dijo que no se iría hasta que le pagáramos.

Dijo que se quedaría allí toda la semana si fuese necesario.

Quizá lo hubiera hecho, si Ziggy no hubiese llegado a ver de qué trataba el alboroto.

Ahí fue cuando me di cuenta de que Míster Misterio no era un mago de verdad.

Un mago de verdad hubiera sabido que no es buena idea empujar a un dragón.

Por un instante Ziggy se quedó absolutamente quieta.

Lo único que se movía era el aliento humeante que salía de su nariz.

Y entonces se volvió como loca.

Míster Misterio corrió calle abajo con su trasero en llamas.

Gordon dice que cree que no volverá muy pronto.

Mamá cree que sí, así que le pidió a Gordon que se quedara una noche más.

Él pregunta que si puedes seguir encargándote de las ovejas.

Cariños,

Edu

Querido Edu,

Dile a tu mamá que realmente estoy muy ocupado en estos momentos y casi no tengo tiempo de dejar mi escritorio.

Debo prepararme para mi próximo viaje. Voy al Tíbet a buscar al Yeti.

Si Gordon no puede regresar esta noche a Escocia, por supuesto, tendré que dejar mi trabajo y seguir con las ovejas.

Pero le agradecería que volviera lo más pronto posible.

Manuel

**De:** Eduardo Pérez Escabeche
**Para:** Manuel Escabeche
**Fecha:** lunes, 27 de marzo
## Asunto: TES
**Archivos adjuntos:** empacando

Querido tío Manuel,

Te alegrará saber que Gordon está empacando en estos momentos.

Mamá le está preparando un termo con café extrafuerte y unos sándwiches.

He organizado bolsas de viaje para Ziggy y Arturo.

Contienen botones de chocolates, barras de caramelo, botellas de refresco y limonada.

Si el tráfico no está muy terrible, el viaje durará todo el día y los dragones llegarán a tiempo para la cena.

Cariños,

Edu


P. D. Si no sabes lo que es TES, quiere decir Tiempo Estimado de Salida.

P. P. D. Emiliana dice que, por favor, no te olvides de la foto de las ovejitas.

P. P. P. D. Tu viaje al Tíbet me parece muy interesante, ¿puedo ir contigo? Siempre he querido ver un yeti.

P. P. P. P. D. ¿Alguna vez has leído un correo con tantos PPD's (tantas posdatas)?

Querido Edu,

Me alegra contarte que los dragones ya están en casa.

Mientras escribo, Ziggy y Arturo están echados a mis pies, y se ven muy felices.

Las chucherías obviamente les caen bien. Rara vez los he visto tan sanos. Tendré que pedirle a la señora McPherson, del correo, que empiece a comprar barras de caramelo.

El señor McRoble estaba encantado de ver a Gordon y lo puso inmediatamente a trabajar en los campos. Creo que ya ha atendido el parto de tres ovejas.

Adjunto una foto para Emiliana.

Dile que a estos dos corderos los ayudó su tío a venir al mundo y ahora andan saltando felices por los campos del señor McRoble.

Para ti, querido sobrino, he puesto un pequeño regalo de cumpleaños en el correo. Siento que te llegue unos días tarde, pero de todas maneras espero que te guste.

Gracias otra vez por cuidar tan bien de los dragones.

Cariños de tu tío afectuoso,

Manuel

**De:** Eduardo Pérez Escabeche

**Para:** Manuel Escabeche

**Fecha:** miércoles, 29 de marzo

**Asunto:** Tu paquete

**Archivos adjuntos:** el mejor regalo

¡Gracias por el huevo!

Es mi el mejor regalo de cumpleaños.

La verdad, creo que es el mejor regalo de todos los regalos.

Sé que me dijiste que probablemente no empollará, pero lo voy a meter en mi cajón de las rocas de todas maneras.

Así, si nace un dragón, estará de lo más cómodo.

Por favor, dale saludos a Ziggy y a Arturo de mi parte. Espero que los mantengas lejos de las ovejas.

Emiliana te da las gracias por la foto y dice que nunca ha visto algo tan cuchi.

Mamá está un poco triste. Creo que le hace falta Gordon. Si lo ves, por favor, dile que nos vuelva a visitar pronto.

Los dragones también están invitados, por supuesto.

Cariños,

Edu

147 Calle Ilustrísima, Londres ECIV 2AX
bcangrejo@percebesalmonetecangrejo.com

Jueves, 30 de marzo

Estimado señor Escabeche:

He sido instruido por mi cliente, Barry Daniels, mejor conocido como el Asombroso Míster Misterio, para que ponga una denuncia por daños y perjuicios en contra de usted y su mascota o mascotas.

Nuestro cliente fue contratado para hacer su actuación en la fiesta de cumpleaños de Eduardo Pérez Escabeche el sábado 25 de marzo.

Había podido realizar menos de la mitad de su actuación cuando una criatura, de especie desconocida, lo empujó a un lado y se comió a su coneja, Enriqueta.

Nuestro cliente ha sido informado de que la criatura le pertenece a usted y, por ende, es usted el responsable de sus acciones y consecuencias.

Nuestro cliente aceptará un pago mínimo de ochocientas libras por la pérdida de su conejo. Enriqueta había tenido dos años de entrenamiento y había asistido a mi cliente en más de setenta actuaciones de magia, por lo que su negocio se ha visto severamente afectado por esa pérdida.

Mi cliente también desea que le paguen sus honorarios completos y los gastos generados por su actuación

Por último, mi cliente desea ser compensado por un par de pantalones marrones que fueron dañados por el fuego causado por su mascota o mascotas.

Factura adjunta.

Nuestro cliente agradecerá el pago dentro de los próximos siete días.

Atentamente,

*Bartholomé Cangrejo*

Socio superior
Despacho de abogados Percebe, Salmonete y Cangrejo

**De:** Manuel Escabeche

**Para:** Bartholomé Cangrejo

**Fecha:** viernes, 31 de marzo

## Asunto: Enriqueta

 **Archivos adjuntos:** Conejitos

Estimado señor Cangrejo:

Gracias por su carta sobre su cliente, Barry Daniels, también conocido como el Asombroso Míster Misterio.

Lamento mucho lo de Enriqueta, y su desafortunado accidente. Como amante de los animales, puedo apreciar lo terrible que debe de haber sido esa pérdida para su cliente.

Por supuesto que le proveeré de un reemplazo, pero no pagaré ochocientas libras. Me parece excesivo para un conejo, no importa cuán adiestrado estuviese. Tengo abundancia de conejos en mi isla. Y siempre se comen mis lechugas. Míster Misterio puede llevarse cuantos quiera. Y, quizá, podría enseñarme algo de magia.

He hablado con mi hermana, quien me ha informado de que ya le le ha hecho llegar un cheque por sus honorarios y gastos.

Le sugerí que pagara únicamente la mitad de los honorarios, ya que solo completó la mitad de la actuación, pero ella ha decidido pagar la cantidad completa.

Si yo fuera el señor Daniels, me sentiría muy afortunado.

Saludos cordiales,

Manuel Escabeche

Otros títulos de esta serie:

**Dragonero**

**Dragonero despega**

**El castillo de Dragonero**

**La isla de Dragonero**